郭老师三国
李

361

鹅毛笔

郑洋自选诗集

郑洋著

山东大学出版社

图书在版编目(CIP)数据

鹅毛笔:郑洋自选诗集/郑洋著. —济南:山东大学出版社,2018.8
ISBN 978-7-5607-6134-3

Ⅰ.①鹅… Ⅱ.①郑… Ⅲ.①诗集－中国－当代
Ⅳ.①I227

中国版本图书馆 CIP 数据核字(2018)第 195394 号

责任策划:武迎新
责任编辑:武迎新
封面设计:张 荔

出版发行:山东大学出版社
社 址 山东省济南市山大南路 20 号
邮 编 250100
电 话 市场部(0531)88363008
经 销:山东省新华书店
印 刷:济南华林彩印有限公司
规 格:880 毫米×1230 毫米 1/32
4.125 印张 2 插页 33 千字
版 次:2018 年 8 月第 1 版
印 次:2018 年 8 月第 1 次印刷
定 价:36.00 元

序

刚看完一本小说，郑老师发来微信：
“准备结个诗集，抽空写个序吧。”

大概在十五年前，我与郑老师还是被大家称为“宿敌”的关系：
他用他的《黄河赋》彰显男子气概，
我用我的小散文吸引女文青。
他踢足球，一脚差点把我的手踢残，
我打篮球，永远比他准那么一点点。
他文综比我强，我英语略胜，
语文，一样好，
数学，同样烂。

几乎是一见绝情，我们总也互相看不顺眼。
他说不过我，总输在需要比拼底线的关键时刻；
我暖不过他，每天放学看见他给好几个女同学补历史就心如刀割。
可天意弄人，高考，同分，
同学校，同专业，竟然又同时转了专业，
相聚中文系。

到了大学，难免孤独，于是宿敌也只能将就着当朋友。
一起上课，一起吃饭，一起打球。
直到我成功吸引到女文青，他也找到了可以一起踢球的伴儿。

人生很奇妙，很多很多年以后，“宿敌”竟然成了最好的朋友。
好到什么程度呢？好到可以肆无忌惮地让他请客，无耻地直说自己没钱。
好吧，这很肤浅，换一个。
好到可以半夜打电话叫醒他，带着酒意絮叨上一堆，而他还一本正经地陪我聊。

后来，慢慢发现，郑老师大概是我认识的人当中，最简单的一个。
他不太懂得如何包装自己，不太知道俗气的30岁男人都在关注什么，也不太知道，其实找我写序会给自己的诗集减分。

他只是知道，他想要让我写点什么。

有时候，突然会想起第一次去郑老师家，
一推门，竟然有整整两屋子的书。
翻看了好久，晚上回家的路上我想了很多。
突然觉得，大学时半夜敲我宿舍的门，非要给我读一段普罗米修斯独白的他，
并不是想要炫耀什么，
他，真的是想要跟我分享那一刻的快乐。

人到中年，身边的人能称得上朋友的，越来越珍贵。
拖家带口聚会的情景中，郑老师永远还是讲我们“宿敌”时候的烂梗，
永远还是能随时随地背上一段“二十岁，我爬出青春的沼泽，像一把伤痕累累的六弦琴”。
当然，我们也总是能完美地衔接上：
“你，来了。”

嗯，我想，如果说青春岁月里有什么是特别值得珍藏的，
那一定是朋友们一起挥洒的汗水，
一起浪费的年华，
一起喝醉的午夜，
相约一起去流浪的誓言，

还有，一起读的诗，
一起唱的歌，一起流的泪，
那么那么……相互依赖过的
彼此。

春夜，口不能言，笔记之。是为序。

刘松山
2018年7月

作者言

郑洋者，山东济南人也。一九八五年生于大明湖畔，父慈母爱。少嗜读书，尤喜绘画，凡有所览，手不释卷，挥毫丹青，坐绘终日。

后志于学，从王明明、刘晓朝二师。此二师者，皆才博广识、清雅淑德长者，故学文六载，聆听教诲，颇有所得。及长，涉猎经史，藏书四万。与刘松山、王璐、张杰、朱莉等为友，志同道合，谈今论古。颇好诗歌，每有所思，辄写录之，结诗成集，以之自娱。

新纪一四年，娶妻梁氏，名曰盛楠，且慧且贤，所学甚类，颇多助益。

新纪一六，喜得爱女，名曰樱菲。当是时也，思诗之奥，大不同前。遂将前集修整重订，复读旧诗，果然“少年不识愁滋味”云尔，言锐思浅，故欲使其修正完备，颇费一番精神。

成书非易，多得贵人之助：盖祝斌校长之关怀，秦丽主任之指导，云鹏主任之支持，晓朝老师之引路，王茜、明明老师之教育，秀辉、剑飞老师之提点，武莉姐之荐友，松山兄之助序。内子贤惠，尽揽家务，使心净无旁骛；父母明德，助妇挈雏，使后顾无可忧。方有此书之成也。书篇有限，不得尽谢，仅作小记，伺后报之。

郑洋

2018 年 6 月

诗道新论

——为中华之崛起而言诗

曩者孟母三迁，以安幼童心性；黄石三试，愿求高士恒心。盖自汤武周文之时，国之教化，多囿于时与势也。凡百里之郭，十里之地，未闻有十数诗书大富之家。后国风之发于阡陌，雅歌亦出自乡田。士民竞相传颂，五岳同闻，三江共乐。战国春秋，刀戈并起；思若泉涌，百花争鸣。毛尚礼易，“四书五经”；诗江乐府，竹帛丹青；比兴起赋，君子归焉；儒教陡立，私学大兴。方是时，道墨法儒，善善恶恶，六艺养士，有教无类。抚齐鲁以佳言，震中原以绮思。或云一邦之风，不可以威天下；一国之颂，不足以雄远邦。然则苍鹰翱天，遥视及千里；鲸鳌翔海，气壮比山河。屈平江行，骚音响彻五湖；相如侍猎，泽被千秋万世。诗自春秋，始有章法；延及汉魏，方见大成。唐杜工部、李太白、白乐天、王摩诘、李长吉诸人，可称诗中圣、仙、魔、佛、鬼者，才如井喷，德似潮涨，极洗晚唐庸碌浮夸之气，前不见古人，后未见来者，堪作千古之奇。

唐风飘逸，诗学大盛；宋尚玄理，儒教复兴。辄引圣贤言，动翻明典章。若取壮士枷之颈，执名马环于鼻。虽有豪才，不得尽舒。乃多区区于曲音丝竹之间，游文戏墨而已。唯周清真、苏东坡、辛稼轩三公，寓典词中，挥洒自如，折三变曲风，堪为绝响。黄鲁直教诗授赋，自成一格。为后世倡，时文人雅士多有附者，遂有江西诗派，掘古推新，可称师道之大者，亦商隐所云丝尽之春蚕也。隋唐科举初立，宋元书院亦通。国之诗教，将依规矩，渐成方圆。然则明清之八股取士，误士人多矣！矫枉过正，反害其弊，遂令蟠龙不得飞天际，雏凤黯然于林中；鳅鳝张牙，蝼虫蚁聚，蛙鸣遍野，虎豹失声。诗本雅学，谬为杂趣，其可叹也欤！

华者，荣也；夏者，中原人也。华夏蛮夷，因教而分之。故伏波征羌，武侯平南，皆服其心，以文教之，善言导之，使归王化。诗者，情之文，嗟尔中国之大，文教尚莫可及，亦可知诗教之难也！

国之诗道，在于少年。梁启超著《少年中国说》以论少年强则国强也。吾续曰：少年尚诗则国以诗尚，少年作诗则国以诗荣。诗者，比兴之韵，教之先也。乐诗者，胸中有千卷，笔下起诗澜也。故好诗者，读诗而悟，则渐善处事，渐善服心，渐善明学，渐善导意，渐善敦品，渐善励行，渐存仁爱，渐通世理，渐爱泛众乃至胸怀天下。

周总理少时尝曰："为中华之崛起而读书！"余虽不才，忝为人师，实不堪任。然余窃谓无济世之才，却怀行赋之志。荀况言:“驽马十驾,功在不舍。”故欲效总理之为中华之崛起而言诗,研千古佳句,启学生诗心,锲而不舍,镂穿金石可也!

郑萍

2018年6月

目录

古体诗

现代诗

古体诗

无　题

哀云怨雾泣冻塘，
冬夜淡淡雪茫茫。
马嵬伤离可谓远，
桂宫寒愁何言长。
簌簌黄叶弃忧木，
凄凄白月映羞霜。
无边冷寂催人泪，
枯灯孤伫独悲凉。

浪淘沙　偶感

淡阳悬天青，寒石如冰。乌朦日尽夜少星，绿水轻波秋声暝。舟游蓼汀。

腐草飞流萤，菊败虫宁。山本无仙妄称灵，非欲功名人去也，何处求经？

秋高自问

风厉苕黄落花埋，
枝摇影动草叶衰。
瑟瑟秋凉催云泣，
潇潇暮雨送寒来。
环水三分翠已逝，
出园一点红未开。
枯荣存亡皆虚妄，
金梦零丁何喜哀？

酷夏偶记

云聚雷音哑，
夏深雨味浓。
疑有仙女泪，
恨无百年容。
志高天自远，
心阔海则宏。
倚柳闻蝉闹，
奇声碎长空。

龙虾咏

须长三尺非智勇，
甲厚二层有墨青。
爪牙满腹少刚强，
赤红遍体无血性。
食泥捕虱欺幼蟹，
寄贝避鱼惧光荧。
脑流落釜黄水起，
肉白入匙谈何龙。

江城子　雾日杂感

松垂柏泣无缘由，月已去，星难留。烟云易散，青龙埋其首。冷风吹醒朦胧晨，衫早湿，道荒谬。

寒雾绕月数重秋，蔽才华，掩风流。纨绔之士，安居权势楼。珠砂混论鹿指马，复若恨，几多愁！

浪淘沙　夜行

重雾掩月廊，苍林木长。亭寂无人语梅香，寒意卷地风骤起，草枯尘扬。

步踏园中巷，身披冷霜。思成诗文寻字章，孤山巍然云中屹，笑我痴狂。

长志赋

察圣德之损益兮，
览明典之引义。
习墨家之爱非兮，
悟老子之倚伏。
效汤武之鸿图兮，
美叔齐并伯夷。
死丝尽之春蚕兮，
点西窗之明烛。
风袅袅以愁予兮，
雷轰轰而辄息。
涕横流以潺湲兮，
念悱恻之雅俗。
临岳楼望洞庭兮，
闭轩阁曰项脊。
裂天地以纵横兮，
逆云霞而踟蹰。

遄逸兴之彭泽兮，
叹兰亭已墟迷。
销虹桥而霁雨兮，
起雄台立江渚。
睹彩鸾与玉龙兮，
逞嵯峨之威仪。
识清风之无极兮，
觉明月尚有数。
著天成之神文兮，
得临川之妙笔。
远南溟而地陷兮，
遥北辰仰天柱。

颖矣！
慧矣！
天问离殇。
结簿缘之贤士兮，
狂歌四方。
怀钟鼓之将将兮，
忧淮水之汤汤。
湮日月之辉光兮，
泯中原之苍茫。
啸五岳声远扬兮，

送黄河之流长。
乐共游之鸳鸯兮，
羡梧桐之凤凰。
愿吾兴之永无尽兮，
虽长醉而未央。

过午漫行

雨过风尤细，
初萌翠欲滴。
角枫怜圆叶，
瘦草立春泥。

咏礼乐蔷薇

脂粉涂染栖墙垣，
齿叶葳蕤绣数点。
求借鹅喙一抹黄，
窃得槐蜜半丝甜。
深蕊藏雪层难计，
明眸送香芳易显。
洒裙仿佛佳人笑，
阴晴风雨自淡然。

螺　歌

非丝非竹乐艺高，
混然天成多玄妙。
绿园苍苍万木翠，
碧空茫茫一日遥。
习习海风拂耳畔，
滔滔白浪击石礁。
波音洋韵何处去？
尽为玉螺壳内涛。

观　灯

春提红云鼙鼓出，
星携暖风月颜朱。
青龙枕霞眠玉山，
彩鸾望日栖金木。
皆言雷鸣彻百家，
谁晓喧餍响万户？
市井高阁眉挂喜，
深巷暗甬旅丐苦。

清华园观垂钓

独步清华园，
蛙蝉水柳云。
树下老翁钓，
塘内绿波沉。
幽风催荷醉，
黄日枕萍昏。
十失能一得，
抛饵亦如人。

春日偶感

暮云倚乏日，
早芳眠倦池。
园荫青无故，
漫有花一枝。

无　题

朝登云阁暮辞楼，
光怪陆离惑无由。
虎落深涧二度暑，
龙盘井底三载秋。
美玉有瑕月难满，
碧塘冷凝泉不流。
桀骜销尽筹韬晦，
诗书万卷掩明眸。

祁山叹

举弱攻强抗天理，
纶巾羽扇兵势奇。
宣王六战多诈诡，
武侯八阵空玄机。
琴鸣西城杀气退，
雨落上方烈焰熄。
五丈荒原长星夜，
后人读罢泪沾衣。

阿喀琉斯赞

神裔英豪剑如飞，
勇似饿虎影难随。
自领貔貅靖沙岸，
亲率甲兵陷城陲。
因失红颜斥昏帅，
为悼挚友刃敌魁。
箭透踝踵城下死，
万古传名爱琴水。

拿破仑

奇志出军伍，
扬威震欧陆。
藐英破意西，
斗俄制奥普。
溃败莱比锡，
覆亡滑铁卢。
二度退位时，
海岛秋凉处。

无　　题

乌沼余日飞鹊起，
苍林莽莽若猿啼。
沐霭拨云借奇风，
欲射九天比后羿。

赠友人

莫怨韶华难攀云，
无根飘絮宜自珍。
埋落化尘隐土膏，
明岁春来方识君。

春　雨

万钧雷霆千尺霖，
朔镰渐止嘉澍春。
云雀无声莺少语，
翠枝有泪花微痕。
寰宇自广渊自深，
星辰亦醉月亦吟。
金乌敛容遮颜去，
嵇康何处抚孤琴？

六月二日高考前作

劲柳掩青松，
困鹄欲脱笼。
暴雨骤将至，
何故无狂风？

济南大学一隅侧记

竹枯赤日炎，
柳睡斜亭边。
秋风不送凉，
何似十月天？
土裂如鼋背，
泉涸若亡蚕。
欲翔无羽翼，
待时毋求怜。

课　记

驰丘过泰望扶桑，
碧海金沙照日光。
四方尊儒皆集谈，
八面高士尽聚商。
守正推陈新不远，
树人崇道德亦长。
一朝求得真经返，
何须千载羡玄奘。

万平求经还

东行万平口，
沧涛日照岸。
前日怀诚往，
今昔求经还。
珠思九万缕，
妙语三千言。
心醉梦犹喜，
惟叹雾夜闲。

陈馀叹

背水易帜汉破赵，
陈馀头断张耳刀。
对阵喋血化仇雠，
谁忆昔年吻颈交？

韩信破赵

鬼谋难测背水营，
成安授首华夏惊。
皆云阵上风雷吼，
谁晓胸中百万兵？

萧何赞

秦边悄起赤炎风，
国士归汉二川荣。
韩信奇谋伏项楚，
未及萧相追贤功。

荆轲叹

太子私怨养侠隐，
金瓦投鼋非念民。
剖肝宝驹空怀恨，
断手佳丽难抚琴。
穷图舞匕岂智勇，
环柱逐王非本心。
纵使诛魁能缟素，
谁望暴丹代酷秦？

鲁子敬赞

因感知遇仕孙吴，
经韬纬略善演武。
横江鼎足谋长计，
指囷赠粮显侠骨。
联刘拒曹降者羞，
继周督众三军附。
倘使忠烈能长青，
何来战火焚荆楚？

魏文长叹

义阳雄豪蜀将军，
部曲骁果因勇任。
二川纵横汉中守，
天下可拒十万吞。
权夺杨仪多滋怨，
身丧马岱空余恨。
若使子午展奇谋，
域中土地属何人？

现代诗

鹅毛笔

雷绽电闪
震颤着拜占庭幻象的神迹
苍穹在正月嘶吼
摇动着整个海洋和大地

几十万磷火攀上孤树
点点碧光如烟似玉
未知的恶俯瞰愚蠢的人群
它狡诈而智慧,突如其来,无往不利
高压与撕扯协同作案
让心化作岩浆般,迸开
流动着,为碎裂的土地披上血衣

岚岚的夜风,笑而无言地经过
带走无数冰凉的梦
或去天国,或在地狱
它微笑着,从不驻足

名利场盛满阿堵物的钵盂
深夜里大海般荡漾的胴体
冻醪白堕狂喜激昂的生命
或是遍野的枯骨和虚妄的情意

腐烂的仲夏埋葬掉肮脏的静谧
索多玛还是蛾摩拉,月光使人们忘记
退去的洪水预料不到
柔声娇音的往复与循环
三万青丝的混乱和无序
有条件的爱搭成天平
精确地计算出一个净化的世界
构成于无数和谐的交易

此时,万籁俱寂
貌似冷峻的莎草纸
在姣美的灯光下低声细语
仿佛怨妇般控诉
控诉癫痫的诗神、卑微的命运
和意气风发中抖动到高潮的
鹅毛笔

你不知道，我在等你

你不知道，我在等你
迷惘的世界飞速旋转
脱离了万有引力
唯有我是时间的囚徒
关闭晕眩的大脑，静止在原地
蓝色的远方隐隐传来
风中芦苇温柔的歌声
整个太平洋的海岸线遍布我找寻的足迹

当繁华褪色
我化作飞鸟，你变作游鱼
在芳菲尽时
我南辕北辙，你奔赴东西
填平时空的壕沟
搜寻视线的交集
记忆将你桃花瓣似的笑脸填到饱和
而你仍不知道，我在等你

在地球上北温带的
某一个经度和某一个纬度
我种下琼浆浇灌的树木
垒起玉石建构的屋子
静静地等待
像睡在木桶中的第欧根尼
每一阵顽皮的风,都在冒充你曼妙的幻影
每一个优雅的梦,都是流向你跳跃的小溪
我要捕捉满天的星斗照亮我的心胸
我要看到每一朵殉情的浪花扑碎在礁石上死去
我在等海攀到云上
我在等云落入海里

爬到山头的太阳
吹暖瑟瑟发抖的空气
天刚刚醒,你笑意盈盈又低头不语
雷声知道闪电为它绽放光彩
烟云知道骤雨为它降落大地
而你仍不知道,我在等你

醉　夜

醉了的夜
黄莺也醉心于鸣啼
何必理会病月恹恹的叹息
谁的影子靠在我影旁
脚下响着细沙的柔情蜜语

密林里每棵树下都有爱情的印痕
沙滩的每个角落都有恋人的足迹
在大海咆哮不止的日子里
你能否为我筑起一道长堤？

我愿化作悄悄贴在你头发上的尘埃
我愿成为你均匀而甜蜜的呼吸
我愿做奋不顾身的海浪，扑碎在你身上
我愿陪在你生命里每分钟的每个六十分之一

且不去管六道轮回、前世今生

我要为你熔化灯红酒绿、纸醉金迷
在这个无言的夜里
只许枕着你和我的梦
沉沉睡去

思考的墓园

嗅到格雷诺耶的香水
被狄俄尼索斯饕餮的欲望控制
我在狂乱中
静静等待那缕阳光
来自遥远的大西南

脑袋里可笑的浪潮
激起胡思乱想的涟漪
曾经我拥有一张
称之为“梦想”的花哨纸片
却在一次不经意间
被你撕得粉碎
散落尘埃
那种散失彻底到
每一粒空气的尘埃中
都充斥着腐烂的未来的味道

我们都在艰难地呼吸着
只是我清楚
强迫自己窒息的感觉
将会一直伴随到归来
或死去的那一秒

紧闭的眼

紧闭的眼
试图把泪水隐藏
因为它微薄的坚强
不足以抵挡钻心的疼痛
穿过眼睑
是绝望的呼喊

一阵阵暴雨前战鼓的轰鸣
把灰色天空撕开无数条惨淡的光线
九曲回肠地击向
每一粒失去大地疼爱的尘埃

被剥夺了舒适的神经
可否还能体味
昨天恍如隔世的陌生

黑暗中向你走来的那位诗人

是奥维德,还是阿拉克瑞翁?
他那荣誉的桂冠,骚塞曾经戴在头上
作为拜伦嘲弄的对象
湖畔的井底之蛙啊
当紧闭的眼睁开
是否可见
辽阔大海腾卷起白色的巨浪?

靡靡之音

那盲了眼睛的荷马，你一定不曾看到
美丽的海伦吐出爱情芯子时
露出那毒蛇一般优雅的微笑
一如她的母亲
被天鹅拥入怀抱的那一刻
笑得一样陶醉、开怀和放纵

那如花的笑靥，可以聚集
人间遍野燃烧的欲火
疯狂到
将达芙尼的圣树
烧成一段废柴，伤了阿波罗的心！

那样也就无法寻找到材料来制作
表彰诗人优美词句的桂冠
是不是意味着
我们无须再让更多的迁客骚人

用他们久经锤炼的陈词滥调
一抒胸臆，顺带污染视听
用靡靡之音赞颂
“那世界上最遥远的距离”？

避免许多人重蹈安东尼的覆辙
为了倾城的克里奥帕特拉的爱情
不惑之年的他放弃成为另一个凯撒
可是埃及艳后啊
你又如何同那人类史上
最伟大最风流的帝王与娼妇相提并论？
叶卡捷琳娜可以用子孙占领整个世界
只要她想

一个昏昏欲睡的下午
我翻着奥维德的书，听低俗的调子
喝三元五角的饮料
一边辛辣地嘲讽世人
一边不情愿地抽打自己的脸颊

十三号楼

世界就是一座十三号楼
挤满了各色各样的重症患者
比如古希腊的第欧根尼
那位白天提着灯笼寻找好人的犬儒派
浪费大好时光做这不可能完成的任务
不如去写本关于奶酪密码之类的畅销书
更适合这个踏着快四拍舞步前行的时代

闲暇时可以涉足阅读
不为黄金屋千钟粟颜如玉
也要为了“有文化”的口号
郭沫若先生的诗歌是必读
一定要怀着崇敬的心理
如同在不断的温习中提升外语水平
子曰:“温故而知新,可以为师矣。”
有朝一日学有所成
也许能变为“全宇宙底 Energy 底总量”

给这癌瘤注入一份回光返照的热情
或者变为“X 光线的光”
透过骨头抚摸自己的灵魂
审视一下它的颜色与质地
也算对自己有所了解

若你家财万贯
抑或倾国倾城
就带着你的信用卡,向神要求吧
钱能让鬼推磨
自然也能让神造光
“神说‘要有光’,
就有了光。”

地狱铭文

从我，是进入悲惨之城的道路；
从我，是进入永恒痛苦的道路；
从我，是走进永劫的人群的道路。
正义感动了我的至高无上的造物主；
神圣的权力，至尊的智慧，
以及本初的爱把我造成。
在我之前，没有创造的东西，
只有永恒的事物；而我永存：
你们走进这里，把一切希望捐弃吧。

——《神曲》

（一）

别相信虚伪的双目
周围的暮气已经降下
别去听那草丛中的虫鸣
万物都已死去
血，已从我的身体涌出

脱离了凡世的羁绊
我将永生
地狱在招手
我向你走来,哈得斯!

(二)

风窃窃地笑
雨不大,却不止
雾在风雨的掩护下悄无声息地袭来
遮掩了最后一丝光明
以温柔的姿态

(三)

豹子的咆哮声激起我一身冷战
雄狮的利爪与血盆大口交相辉映
被饿极的母狼撕扯是什么滋味
看来我将要体验
然而圣哲啊,那位埃涅阿斯的歌颂者
我的维吉尔,此时你在何方?
与但丁不同,我被野兽领入了地狱

(四)

情人踱步天堂
诗人导游地狱和炼狱

这样绝妙的分工的创作者
可是早已远离我面前的这九圈?

（五）

可惜我没有意大利人的福气
不能一睹罪恶的盛况
这个白昼逝去的地方
罪人都戴着面具
上面有逼真的笑脸

（六）

哈得斯和撒旦请我做客
不知最后是谁付款
狄俄尼索斯、阿瑞斯同为座上客
倾倒一切的阿芙洛狄忒也在此间
她的双臂似乎健全

（七）

我拒绝了狄俄尼索斯的好意
躲避着阿芙洛狄忒的挑逗
更不愿与阿瑞斯一争雌雄
来自奥林波斯的神祇甚为不快

（八）

他们赐予我诅咒
连同我的缪斯一起遭殃
我将永世不得喝得烂醉
无法享受战胜的狂喜
与交合的快意

（九）

我询问那黑暗的主人
哈得斯,抑或撒旦:
“可否于此地访得吾熟知之人?”
冥王和魔鬼报以微笑
貌似神同
一个黑天使悄悄地告诉我
这里聚集了我认识的所有亡者
或许世上,再度只余诺亚

（十）

离别之际
珀耳塞福涅展示好客女主人的风度
请我任选一物以作留念
吝啬的冥王一脸不快
家乡下达了清除恶犬的密令

迫使我打消了带走刻耳柏洛斯的念头
选择了刻有铭文的大门
因那书法可以卖个好价钱
两个命苦的黑天使负责给我搬运
强作慷慨的哈得斯也只得重铸大门

（十一）

我祝福好客的主人永世不得超生
还酸文假醋地赠予临别之言
建议冥王用更简洁的铭文以节省冥币
只需铸刻如下文字：
“欲之集，利之聚。”
便无人再入天堂
竖琴声突兀响起
我已望不到黑色江河

纪念巴比伦

谨以此诗,纪念巴比伦——一个死于梅毒的帝国

诞生于汉谟拉比穷兵黩武
闪米特人首先被法律所捆缚
这荣光值得夸耀
即使若干年后只能觅见
泥板中古老民族的坟墓

淫奢和纵欲的季风
带来尼诺塔的震怒
幼发拉底和底格里斯联手降灾
让吵闹的苏美尔人
回归尘土

欲望之神喝得烂醉
在这富饶的土地上流连忘返
逗留到城郭的毁灭

仍在吮吸沾满肉腥酒雾的断壁残垣

贪食的兀鹫
翻身飞向西南
抛下这乐园,把它留给
更凶残的病毒
空余残缺的史诗赞颂古国英雄的和战

雄狮一般的恩奇都臣服于
比吉尔加美什更伟大的神妓
要他屈从于武力
可是难过登天

亡魂啊,你们何时起
将荒淫的图腾
树立在美索布达米亚平原?

一如既往

我在这里，一如既往
和你们一样
和你们一起

空气一如既往的清冷
我们一如既往的晦暗
一如既往地甘当井底之蛙
一如既往地腐朽和悲哀
如死水一潭
这般一如既往俗气的比喻

全然不似那座
灵魂之峰闪现
尤为诡异地横亘于
但泽与河湾之间
陌生如索忍尼辛的名字

金庸先生笔下的武林高手
不露声色杀人于无形
自强不息之名
须臾消散在往事与随想之中
消失得无声无息
消失得一如既往

一如既往喜欢在车站静候
开往农庄的巴士
或许是一所很像农庄的学校
只是路上的风景无法再引起瞩目
我已迷失在三千公尺之上
那片浓雾弥漫的原始森林
大约十二公尺的航空测绘坐标
云海敝目
一如既往

老唱片

尘封已久的老唱片在唱机里
发出卡壳的声响
来自遥远 20 世纪的行吟诗人
据称像一块滚石
追寻着响亮音符流动的轨迹
打断那井然有序而娓娓动听的
朗朗读书声

那个不醒的梦中
我被推揉着、裹挟着
为生存计
为他人歌
出卖战友
毫无廉耻

科学界传来喜讯
信鸽的思维理路已经被揭开

只是不知那被打开的信鸽的脑壳里是否安设了
排泄与性交的控制键?
以便那怪物肆意繁衍

文学界自然也不肯落伍
某些意淫孔子和庄子的知名教授
用性感的嘴和倾斜的笔
挣些余粮
求职无门、走投无路的我们
不妨多去学他们
完成与这暧昧的世界媾和

文　人

人生是场不知何时是尽头的修正草案
假定称作哲学
智慧引领谋杀
充斥在乙醇气味里的那是高雅
它在嘲笑满含诗意的历史学者
用的是降 B 调的嗓音
融帕斯卡尔和建安风骨于一体
身旁飘过
一朵朵交际花

距离太阳数千万公里的一个房子里
嘈杂的重金属与人群的笑靥相映成趣
轰鸣声震动天花板
大气中布满来自
多年沉积在尼罗河底的泥沙

蒙特利尔向梭蒙吐口水

庞培阻止维苏威的喷发
神圣少女嫁给僵化的骷髅
耶稣子民在伊斯坦布尔传教授法

先生,我只是天路历程上的匆匆过客!
不管鸡生蛋抑或蛋生鸡谁将成为真理
也不必理会愚昧的康德
癫狂的海德格尔
当然还有闭眼就见到上帝的斯宾诺莎

流浪的思维踏遍任何可能抒情的角落
在同样的过程中被消磨风化
明天的梦继续在编织
下一个囚笼中的
卡萨布兰卡

在路上

我在路上
虽然只是刚刚起步
一路上我寻找凯鲁亚克的影子
却不想重复他走的路
只想听他说:“我还年轻,我渴望上路。”

我在路上
迈上了雄关漫道的征途,也许我是班吉
幸好只是班吉
我仍能看到眼前蒙蒙的雾

我在路上
飘絮纷纷落下
远离了孤寂的树
在这个春天的悲咽里
埋葬我脚下的路
踏着它们我在寻找

“我还年轻，我渴望上路。”

我在路上
昨天，我拐进了一条迷途
晕头转向，跌跌撞撞
不知自己身在何处
今天，也许我已解脱
也许我尚未走出

我在路上
“我还年轻，我渴望上路。”
希望我是疯了
路，也疯了

我愿做一滴水

我愿做一滴水
源自山溪，流进小河，奔向大海
挥洒并升华
感受蒸发的热烈
钻入云彩，挡住强光
看到你，躲到我的身影之下

我愿做一滴水
让你忘却茫茫的沙
把我饮入口中，穿过泪腺，化作泪花
我轻轻滑落
挂在
你的脸颊

落叶与阳光

绿叶在落
泪流在早逝的脉络
因为低温选错了季节
它只能
被碾碎在凄凄的寒夏之河
匆匆而过

明暗交错
闪耀着昏暗的斑驳
太阳没有错
我似乎
不适合接受阳光的照射
璀璨的光晕
在嘲笑我
黝黑的肤色

辩　白

(一)耶和华　神

因为亚当的无能和妥协
致使人被赶到伊甸园之外的角落

(二)亚当

由于夏娃的好奇与贪婪
我才犯下了不可弥补的错

(三)夏娃

是蛇的诱骗与险恶
欺哄我吞下了智慧的苦果

(四)蛇

若不是智慧果的另类与特殊
我怎会诱惑人类选择堕落?

（五）智慧果

我坚信是神的愚昧与疏忽
居然妄使我在有人类居住的伊甸园存活

我与你，在雨季相遇

我与你
在雨季相遇
跌跌撞撞
碰醒萌生的火花

一株荨麻
刺伤初生的幼芽
痛，尚未感受真切
泪，早已滴下

睿智，不存在永恒
美梦，只属于天涯
别离须臾降至
雨季的邂逅归于寂寥
难辨真假

时光流转,似小刀在脸上轻划
我们再相遇时,都会有
海一样的眼睛
与雪一样的头发

动物园众生相

鬼斧神工的灵岩怪石
洞穴里遍布绵连缠绕的蛛丝
高风亮节的苍松翠柏
树干内暗藏虫噬鼠咬的朽质

阵阵热风撩动
如荷马一般失明的黑熊的情思
以敬礼表达奴性
低眉顺目求得嗟来之食

遍身鳞甲的巨蟒
贿赂利欲熏心的海狮
一朝娇柔的妩媚作态
借以挣得木盆中闲睡几时

饥不择食的吊睛猛虎
面向与其争夺一块小牛腰肉的雄狮

对势均力敌的孤傲敌手
咆哮着怒目而视

养尊处优的海龟
早已多年不见天日
死亡一般的死寂于
死气沉沉的死水池

臭气熏天的大象
默立在铁柱包围成的囚笼
品尝排便的快感
以及被孩童戏弄的羞耻

断腿的黑猩猩
一副苦脸膛漆黑酱紫
窝在阴僻的角落
躲避来自猕猴的歧视

招摇过市的斑斓禽鸟
盛气凌人地踱过铁丝牢中的猛鸷
自豪地铺开华丽的羽扇
对小店铺中售卖的孔雀毛浑然不知

面有菜色的水鹿
华美尖锐的长角已锯得参差
换取几年的苟延残喘
生计无着之辈又如何计较得失？

石头中蹦来跳去发春的猴子
自由的梦想只有在夜晚奔驰
终年在络绎不绝的游客的注视下
手淫到死

明与暗

沾染了一身尘世的油污和血腥
我在腐烂
挣扎，却更加肮脏
忍受着
恶心的感觉冲击肠胃的极限
意志佯死
麻木地躺在
污浊的死水里

地狱的诱惑拉拽着我
撕脱了皮肉，血淋淋的
孩子般的微笑在这样的场景中
显得愈发不相称
蛆虫啊！只能蚕食我的身体
但那虔敬的朝圣之心
仍紧紧握住
一支干净的笔

忏　悔

手机匿在我手心窃笑
娇婉的铃声赶走我连绵不绝的睡意
我是变质的奶油蛋糕
理应在垃圾桶灰暗的角落中寻找自己

四周充溢着
惊天地泣鬼神的糜烂
既得陇复望蜀的贪求
迫近我的呼吸

摩天轮旋过背叛的念头
时间一遍遍
将我肮脏大脑中
残存的记忆清洗

理智与欲念狼狈为奸
失望与希望同仇敌忾

我把血淋淋的番茄酱涂满整张面孔
就这样疯了吧，多好的愿望
无所谓我，无所谓你

老　九

徐如林
疾如风
不动如山
侵掠如火

昔子曰：
“吾未错记，
有意为之。”
哦，子未尝
如此曰过

绿满春将逝
淡淡薄阳忆起
那料峭寒风
与挥汗如雨
极端的转换

小即是大
大即是小
大小之间
有名师与诗仙
也有官吏僧道医
工匠娼儒丐

唯有极致痴傻人
方见本真自然
可是新月晦灭
冰玉未洁
自然又何味？

舌剑复唇枪
逼入死巷深处
这一群相互撕咬的老九
撕扯胜出者
仍是老九

我看到那些人

我看到那些人
生得一副好皮囊
千里眼顺风耳
据称德艺双馨

有的天真无邪
有的衣冠楚楚
还有的举手投足卓尔不凡
戴着象征智慧的眼镜

他们笑靥迷人
他们妆容艳丽
他们掌声热烈
他们哀叹惋惜

阳光明媚
照不清撕碎的影子

泪水滂沱
淋不花涂厚的油彩

我从不知道
面具可以百变
我刚刚知道
瞳仁可以全白

褪　色

浸洗在死水中
呼吸着浑浊的泡沫
浓墨重彩随波逐流
勇气与怯懦同时褪色

春正消逝
韶华零落
云霞相嬉
终无结果

骄阳下
那阵微风令世间静默
静默在
色彩褪去之时刻

忘却了时间
静默了你我

投　枪

啊，我的老皮利翁
你刺穿无数英雄的咽喉
血迹斑斑的锋刃下
抖动着死亡的手

啊，我的老皮利翁
你是赫淮斯托斯之神佑
楞木枪杆飞越沙场
在喧嚣中纵横嘶吼

啊，我的老皮利翁
你曾与神样的埃阿斯并肩战斗
也曾深深扎入
那牧马人赫克托耳的胸口

啊，我的老皮利翁
珀琉斯之子听到了死神的召唤
那阿波罗指引的暗箭

无法让你的主人低下高昂的头

啊，我的老皮利翁
狄俄墨得斯与狡猾的奥德修斯
会将我的躯体收走
阿开亚人洒下热泪
但只有你
能读懂米尔弥冬战神的喜怒与哀愁

啊，我的老皮利翁
我看到了伊菲革尼亚美丽的眼眸
帕特洛克罗斯迎接我的灵魂
让阿伽门侬继续征服爱琴海
让墨涅拉俄斯讨回他不忠的妻子
让奥德修斯再漂流十年，回家复仇

啊，我的老皮利翁
冥河洗练的铁骨钢筋阻挡不住
命运车轮与小人之箭狼狈为奸
死亡并不可怕
永别或是解脱
木马燃尽高垣
血川即将横流
很庆幸，我该走了
向你致意，亲爱的朋友

校　园

四垣芬芳吐息
搅拌出罗曼蒂克的情调
菁菁校园兜不住
属于暖春的燥

不识趣的鸟儿
啄尽了操场的樱桃
柳叶荡起秋千
树下跑过，一只发情的猫

玫瑰隐匿暗刺
准备让越雷池者享受痛叫
凋零花瓣与刺伤的手指相得益彰
被诱惑上钩的鱼
并不愿脱饵而逃

一步步是陷阱

一层层有圈套
一切音乐在山林中
都觉得聒噪

浮尘背后
一个身影在远岸抛锚
撕碎往事的风帆
我在旁观
也在冷笑

车窗外

街上闪着鬼火般星星点点的灯光
肮脏的渣土车
在落满灰尘的车窗上
呼啸掠过

幽灵般的面孔
麻木的神经
黑色的树
在黑色的夜里
发出黑色的嘲笑

两盏路灯
彼此照耀着相互欣赏
等待某位英雄之子投出的石块
将它们击得粉碎

坑坑洼洼的柏油路

是修路队多次修复的成果
车前行的每一尺
都感受到来自地心的震颤

远远望见楼群的绰影
如同荒郊的坟茔
一切都在笑
我却想哭

自　嘲

附庸风雅与浪得虚名中消磨人生
沉溺华而不实
满足于暂时安宁

终日思考、阅读、叹息
醉心远望、聆听风声
吼叫出音符
做自己的听众

疯癫、痴狂、幼稚
偶似饱经沧桑
从未奢望被理解
却又在矛盾中去追求

被视为有病无病都在呻吟的文青
深夜独自沉浸
在黑暗中

刻意触痛多愁的灵魂
等待破晓，踏上一条路
无人同行

不愿再提笔书写
脑海中阵发性的片片涟漪
不愿再花心思勾勒
玄幻却光彩夺目的面孔

以荒诞为食
与腐朽作伴
我以凉薄的笑脸
在责难与失望中解救
一个不醒的梦

雷　雨

缪斯啊,请赐予我无上的智慧
集成丰富的词句来描述
提大盾的宙斯的暴怒
牛眼睛的赫拉因此而战栗
阿芙洛狄特隐起了她的艳容

集云神宙斯降下了万道霹雳
他让赫淮斯托斯用神火
将天空烧出万丈赤红

吼叫着的阿瑞斯
全副披挂掠过三叉戟领地的上空
还有那位圣洁的女神
阿尔忒弥斯,是你
向你的兄长福波斯
送去了有翼飞翔的话语

神箭抢在捷足的雅典娜之前
射穿了天兽的脊梁
理应受到众神的尊崇

晶莹透亮的鲜血从天兽背脊喷落
将啄食盗火者的恶鹰卷入洪流
那狂涌的血浆似要涤清俄狄浦斯的罪过
忒拜城下
七雄幽影亦添朦胧

歌唱吧,女神
为克洛诺斯的伟大儿子的冲天一怒
向暴雨和雷鸣致敬!

我急着回家

我急着回家
夕阳未落
虽是无风的黄昏
车窗仍传递着
春将远行的讯息

我急着回家
新月正眠
路旁理了平头的行道树
平和而礼貌地致意
以温柔的姿态消弭了
拥堵的焦灼

我急着回家
星斗不曾攀上天幕
晚霞铺满了
我视线所及

明日仍旧繁忙
明日依然无雨

我急着回家
家里有晚餐的香气
有肉有菜
有西瓜有鱼
有最甜的樱桃
与最美的你

一地碎玻璃

走在麻辣烤制撒上胡椒粉的人生小路
在万姓胪欢的闹市区聆听
小奥斯卡激昂的鼓声

那块铁皮敲打出的韵律
如交媾一般节奏鲜明
饕餮、狂妄、暴怒与淫欲
鲤鱼跳波状
跃出水面

“噼里啪啦”
“叮叮当当”
玻璃块爆裂落地
声震山河
浩浩荡荡碎成朵朵
怒放的透明玫瑰

客观存在优美的视觉欣赏
也不乏刺破皮肉的小费
玻璃碴骄傲地炫耀
如烈女的坚贞
只是心头那细小的罪恶
还在嘲笑毕加索风格近似的画作

抹了满脸泥灰的白瓷砖板
号令分明地拼凑出汉字方阵
且不论裕泰茶馆或会起诉侵权
让我们举杯共贺
不必担心未来再有
想做奴隶而不得的故事

怜悯

你怜悯我
用伪善的关怀掩饰对我的嘲讽
“失败者！”
我从你的眼底可以读出你的心声
骄傲可以补给
灵魂星星点点的灯火
照亮心房中无边无垠的虚空

幸福来临的感觉
刺激你燃起花火
顾影自怜
喋喋不休
陶醉于无病呻吟
天上，薄暮蒙蒙

你无比坚信：
“年轻没有失败”

我怜悯你
你还困溺于年轻
我已然老去的身心
早已撇下那束
花前月下的幼稚
与那枚
海誓山盟的晶莹

日照路不堵

日照路不堵
只是要绕好远
行驶在钢筋水泥的触手上
我恐惧转弯

日照路不堵
那新鲜的柏油
被炎炎赤日虐待
忍受了一整天
口干舌燥
却再也无法熔于
斑斓的黑暗

日照路不堵
我试图拥抱宁静
却在漫长
漫长

车流无边的青岛路上
迷失了地
迷失了天
不知今夕何夕
问谁此去经年

日照路不堵
躲避着我的梦
匿了夏的影
等候明天将丑陋掩埋
时光让昨日重现

日照路不堵
路口有我看不懂的红灯
那喧嚣嘈杂都在烟台路上
深深埋进了地铁站

日照路不堵
银制的烛台蓦然点亮
月亮醒来
向世界投去温柔一瞥
星空旋转着
坠入凡间

马后炮

仙风道骨老爷子
对面而坐，提笼架鸟
骨骼精奇神仙态
家事不理任逍遥
真堪是棋逢对手，将遇良才
引得各路英雄尽来瞧

当头炮，把马跳
斗转星移、乾坤变幻
这手差之毫厘
下招万般玄妙
天堂到地狱
不过一步之遥

你是乐毅攻强齐
我做太公稳垂钓
你熊罴士力扛千斤闸

我白袍将病挑安殿宝
你统三山群豪结义杏黄旗
我出五关千里寻兄青龙刀

战场风云多舒卷
棋局攻守正热闹
忽闻得
公园内喧闹反了天
老爷子大惊失色说不好
一队大妈入园来
布下了天席地网铜罗罩

小公园,乐如潮
声震天,低音炮
同摆胯,齐扭腰
广场舞,引风骚
任你一身武艺难施展
凭你腹内隐甲韬略高
神仙老爷子皆皱眉
怎奈的
口拙舌笨争不了

“牛什么牛”
“牛什么牛”

“爱情不是你想买
想买就能买”
一步步陷阱
一层层圈套
老爷子喟叹智谋浅短力不敌
灰溜溜夹着马扎忙外逃
棋局未完人先散
战略撤退亦兵道

螳螂捕蝉黄雀后
世事无常皆困扰
峰回路转泉方见
归去来兮谁能料

如同棋局
天做棋盘星为子
纷纷兵乱皆扰扰
致命的一手
却不过是
最平凡的马后炮

黄　昏

夕阳攀着山头
吃力地保留住生的欲望
夜落井下石
血色扩散
慢慢绝望与哀伤

黄昏滴下鲜血
染红一半天空
一半大地
与一半银色荒凉

夜，杀死敌人之前
狂笑不止：
“我占据世界，
我就是国王！”

世界无法承受夜的酷刑

背叛黄昏
苟且偷生
满是腥味的呼吸
只剩一丝光明在负隅顽抗

弥留中
黄昏不再慌张
它用尽全身力气
喷薄出最后一缕
紫红的霞光
在黑夜降临的时分
却千般闪耀
万般昂扬

晓　寺

翠绿的椰树林立
在茶褐色的湄南河畔
雨绸裹住曼谷
随处可见碧珠样的橄榄
红叶瀑布撕碎云彩
呓语着驱赶朝霞
下有浊水淡山
上有日色粲然

烈火里情死
时光中欲望腐烂
月光是一位公主
倾泻在种满蔷薇的宫殿
二十年华凋零
在毒牙下转世
倒错的爱恋

剧场中壮丽的杀戮
灵魂肉体无休止征战
书房灯的光芒仿佛溺亡的气息
前生血与海的交响
今世性与毒的错乱

时光打破了金瓦琉璃
嚼碎了银璧螺钿
三颗痣的影
在欲海中
轮回千年

万籁俱寂
唯闻水语潺潺
于拂晓的林莽中
金色的古佛高卧在
那座酣睡的寺院

江　南

我走在江南
一个黛色如烟的清晨
青石板路
碧瓦若玉
几家画栋雕梁
处处竹径通幽
朱门微启
清风徐徐

古木盘桓入云层
金鲤听禅立池中
有锦边绣体的油纸伞
有软语呢喃的吴越女
凄清的深巷
丁香的气息
只少了一阵
温柔的江南雨

寻父的斯蒂芬

烛光幽影照亮
沧桑磨难面孔上的暗影
要屈服吗?
这反向的耶稣会修士
海湾石堡远眺
天边一叶孤帆
梦中那只黑豹悄无声息
来自朝阳世界的神秘老妇
身着丧服
夹在服色艳丽人间
海涛中钻出棕色头颅
侮辱、尖刻与篡夺

一只蜗牛被践踏稀烂
摩尔人与基督徒腥风血雨中
圣灵履波如夷
酸味乳浆哺育的曲棍球队员

三个畿尼，两枚银币
装进苦难与贪婪的口袋
都柏林的涅斯托尔
因红鼻头的爱尔兰选择自闭
而沾沾自喜

请听那海涛
飞近了太阳
翅膀燃起熊熊火焰
笔直坠落向
深渊里黎明可怖的死亡
卷走俄狄浦斯的罪孽
谋杀了海藻与贝壳
桅杆消失的地平线如同
啃奇手帕上的清鼻涕

赫淮斯托斯圣迹炙烤得
尿骚味的羊腰滋滋作响
早餐后有信笺送来小小插曲
粗壮如男根的遒劲笔迹
验尸官微笑着面对五个遗孤
“是的先生，请付给我一镑”

黑豹历经磨难

匍匐前行
在都柏林街巷转角
暴风雨中情和欲的乐章
大教堂外肉与酒的葬礼
在延宕中生存
在思想里死灭
在宇宙外消亡

孕育罪孽的子宫
生在未出娘肚夏娃的体内
一分一合,一合一分
分分合合,合合分分
分久必合,合久必分
裙下蜿蜒掠过梦的影子
像匹欢快的小马驹
“嘚嘚嘚”,满是热情和能量

娼妓与杂种狗
冰冻树脂像闪烁的光源
都柏林沙洲上盐白色的遗体
是你花园中遇害的父亲吗?
灌满毒液的耳道
抑或猫的叫声
非此即彼

天上的父
人间的父
这一个更好过那一个
伊卡洛斯羽翼上熔化的封蜡
化作酒浆
糊涂了爱尔兰人的准则
与犹太人的信仰

喝大酒的诺亚开放了方舟
好比潘朵拉打开她美丽的银盒
吸血鬼魅惑了一位修女
年轻娇嫩的裸体
舞姿旋转得多么大胆
鬣狗狺狺的笑声
是艺术家的神经和笔

性欲减退的犹太前辈
纵乐时刻文不对题的欢畅
都柏林妩媚的夜色阑珊
头脑中闪现出
各式各样的乌托邦
议题多如国会的旅途
敏感而刺激

一致又相左
作家随受割礼的父亲还家
枕着勃起与旅行
念着女人和月亮

铺满鲜花的大床上
是欲火中烧的莫莉
还是蛛网脸的佩涅罗佩
返归之旅人绝妙伪装
脆弱啊
你的名字是女人!
压抑之后最可见自然表象
哦,心肝儿
雪白的喘息与呻吟
夜的精灵谱写守灵的诗行
糖衣包裹着伪装成虔诚的本性
丧子并恋子
王冠上嵌满美丽的绿宝石
闪耀着
多么奇妙的光